친구의 부름

친구의 부름

최재훈

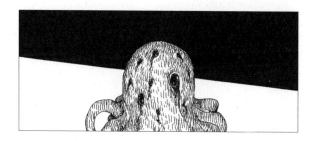

*

차례

✳

친구의 부름 ..

✳

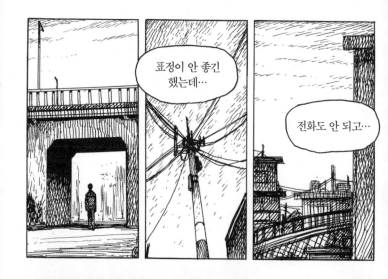

...

어디 나갔나?

어, 뭐야

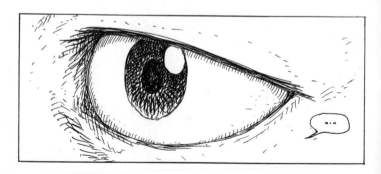

야…

?!

저건…

원준아

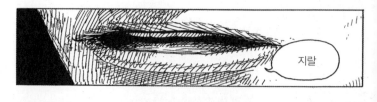

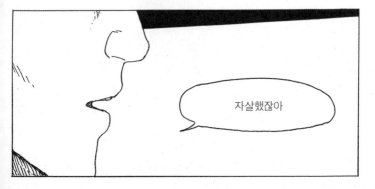

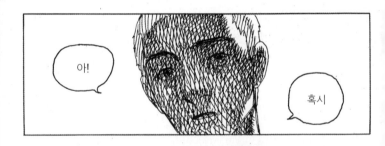

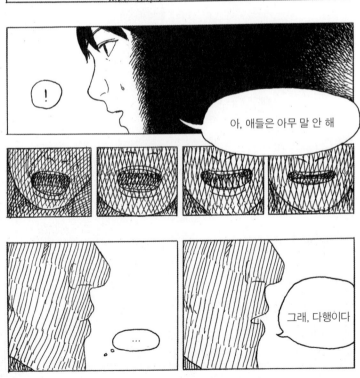

그럼 조심히 가

...

진구야

괜찮을 거야

아까 뉴스 봤어?

OYM 사장 자살한 거?

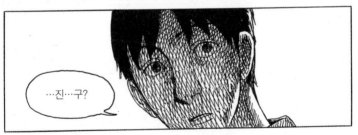

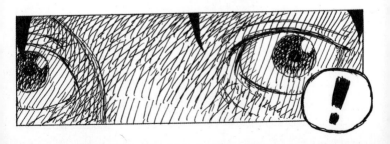

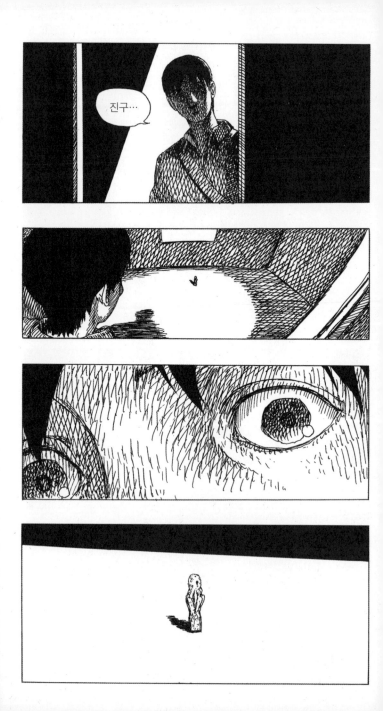

뭐지?

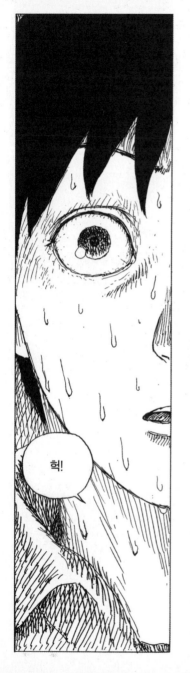

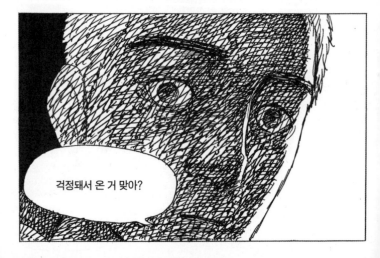

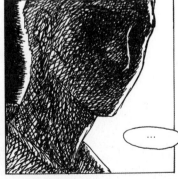

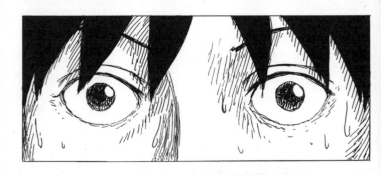

일어났어?

…?!

편의점 갔다 오니까
누워 있더라

엄청 잘 자던데
많이 피곤했나 봐?

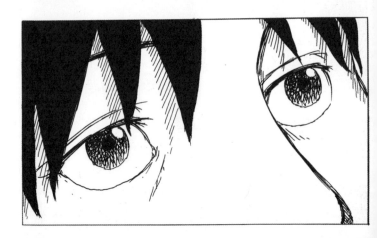

진구가 행방불명 됐다구요?

지금 알아보는 중인데
친하게 지내셨다고
해서요

…

혹시 아는 게 있으신가요?

아…아니요

뭐든 좋으니
생각나시는 거 있으시면
이쪽으로 연락 부탁드립니다

네, 감사합니다

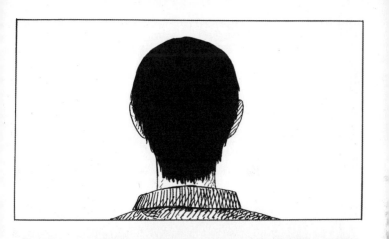

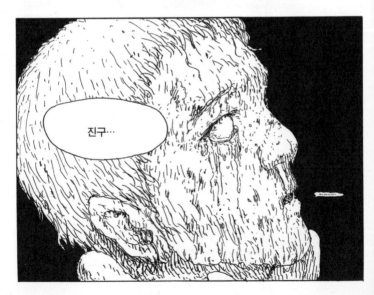

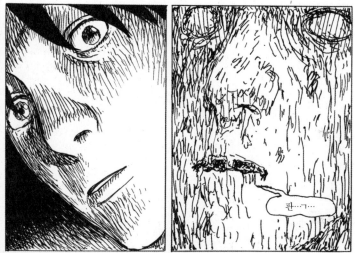

판   그

                              루

                    그

          루

                         나

                              파

크

툴

루

리

에　　　가

나
글

파
탄

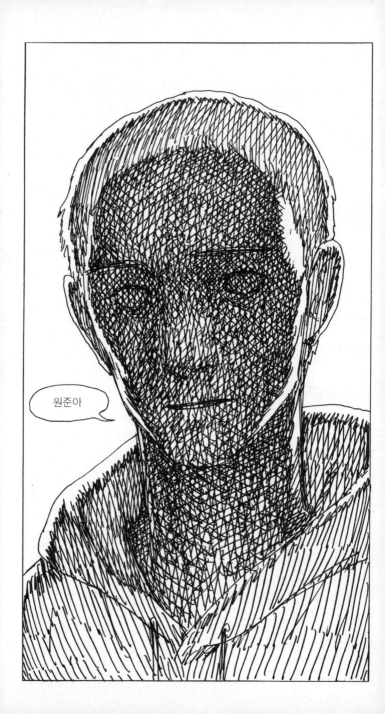

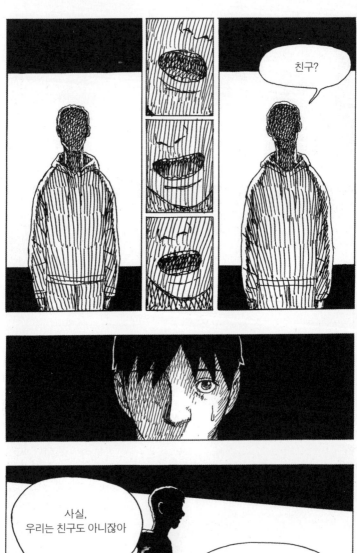

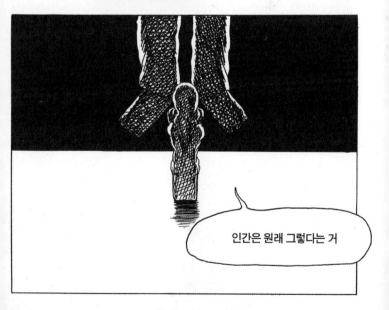

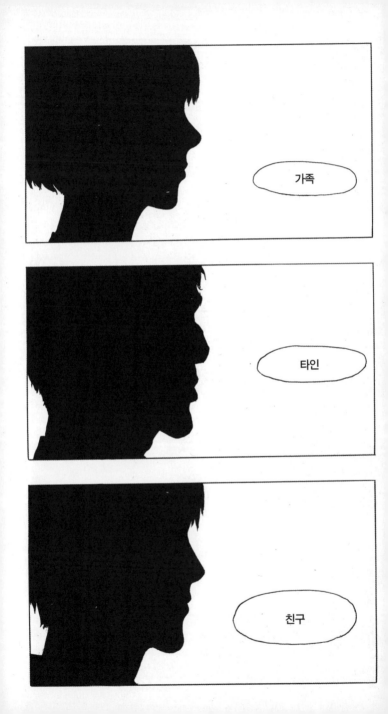

미친 소리 그만해!!!

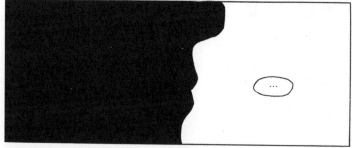

...

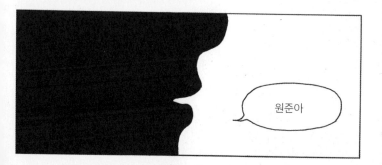

원준아

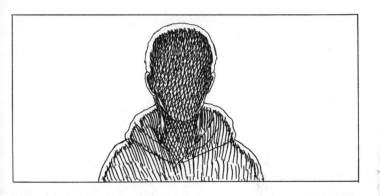

하하, 진구야

아니야

나는 그냥 네가 걱정돼서 온 거야

그러지도 않았고

거짓말쟁이에 위선자

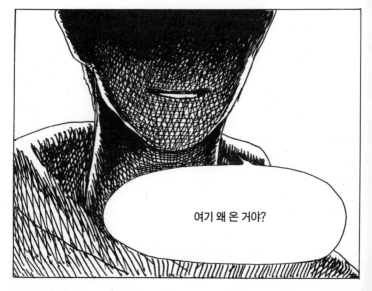

여기 왜 온 거야?

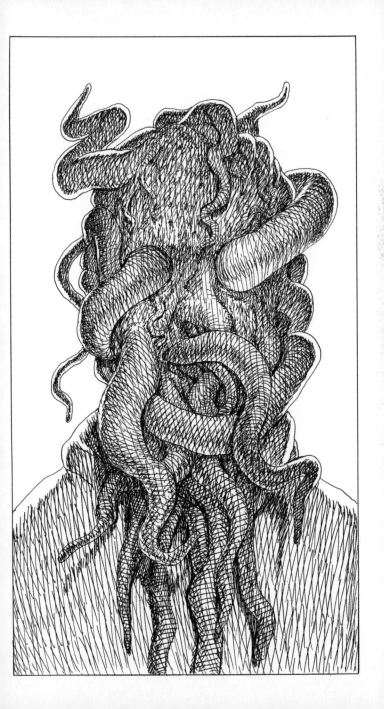

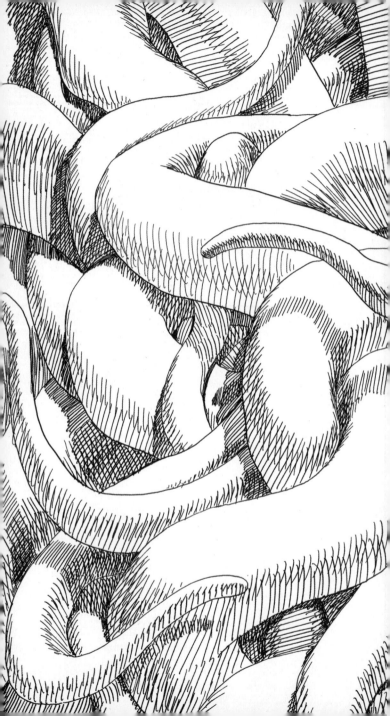

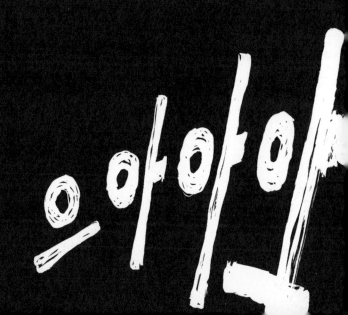

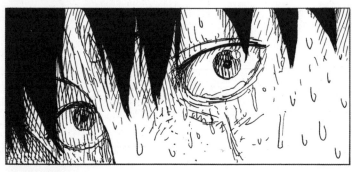

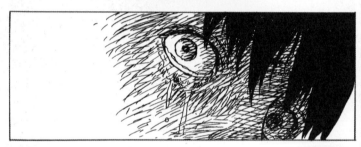

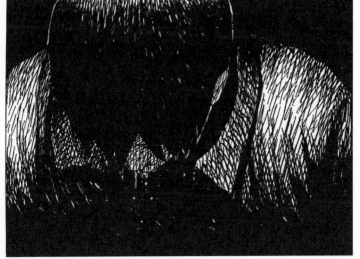

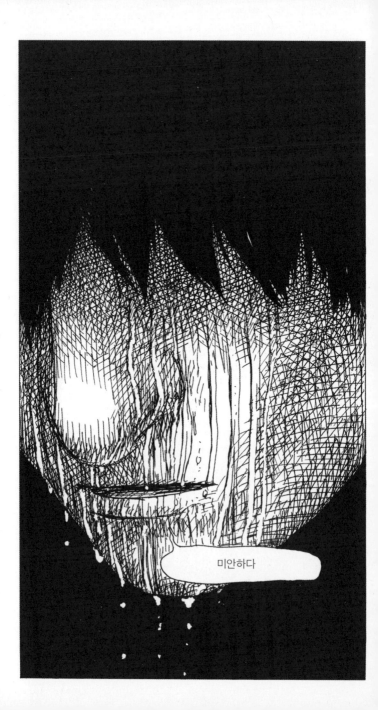

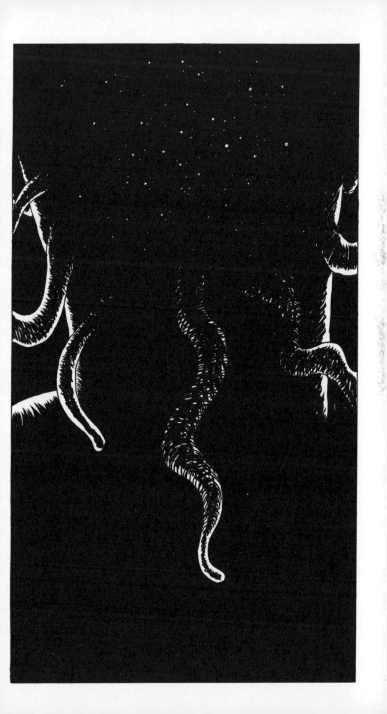

원준아, 너 들은 거 있어?

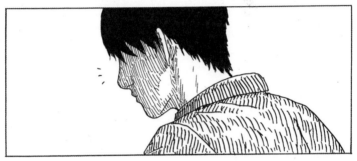

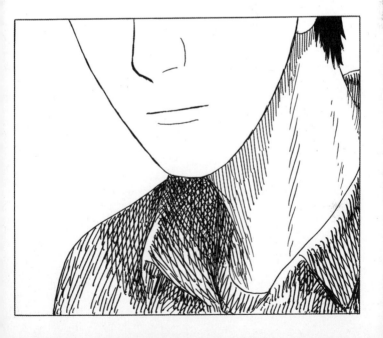

작가의 말

✳

　지하실 계단을 내려가거나 한밤중에 외진 시골길을 걸으며 설명하기 힘든 공포나 불안을 마주할 때가 있다. 사회적으로 학습되는 감정이라거나 유전자에 각인된 생물학적 반응이라는 등 공포는 다양한 학술적 이론들로 설명되고 있지만, 우리는 불시에 공포를 체험함으로서 그 존재를 인식한다. 우리가 맞닥뜨리는 온갖 유형의 공포들. 그중에서도 일상에 가장 가까이 있는 공포는 무엇일까?

　우리는 계급, 세대, 젠더 등 복합적인 갈등이 뒤엉

✳

킨 과도기에 있다. 이러한 갈등의 소용돌이에서 각자
의 말은 크든 작든 하나하나 파장을 갖는다. 그런 점
에서 최근의 소셜 미디어나 인터넷에 쏟아지는 폭력
적인 글을 보면 많은 생각이 든다. 모두가 죽음에 대
해선 망각하고 있는 것처럼 겨우 몇 줄의 언어로 누군
가를 죽음에 내몰기도 하는 끔찍한 상황이 벌어진다.

　죄를 짓는다는 것. 그에 대한 기준은 사람마다 다
를 수 있다. 죄의 무게에 따라 개인의 행동과 말도 달
라진다. 누군가는 마구 욕을 하며 다니고, 누군가는
가벼운 속어도 조심한다. 평생 폭력을 행사하며 사는
사람이 있는가 하면, 길바닥의 벌레도 밟지 않으려
살피는 사람이 있다. 그런데 이런 죄의 무게와 종류
에 관계없이 우리는 죄를 지었다고 인식하는 순간 공
포를 느낀다. 이건 벌이나 형벌을 무서워하는 감정에
관한 이야기가 아니다. 내가 누군가를 해쳤을 때, 나
로 인해 누군가가 불행해질 때, 자신이 그것을 인지
했을 때 죄는 공포로서 체감된다. 그 공포의 정도에
따라 우리는 죄의식에서 자유롭거나 얽매이게 된다.

＊

작가의 말

노골적으로 주제를 드러내려고 하지는 않았지만, 주인공 원준이 느끼는 죄의식이 체험적으로 읽히길 바랐다. 설명되지 않는 공포의 근원을 탐구해온 러브크래프트의 세계관을 바탕으로 지금의 우리를 다시 보는 작업은 여러 생각을 하게 만들었다. 긴 밤의 상념들 속에서 우리가 해온 말들, 갈등, 죄의식 그로 인한 죽음과 공포를 떠올렸고, 깊이 눌러 그렸다.

P LC.RC
Project
Lovecraft.
Recreate

친구의 부름

1판 1쇄 찍음 2020년 5월 18일
1판 1쇄 펴냄 2020년 5월 30일

지은이 최재훈
펴낸이 안지미
편집 유승재
디자인 안지미 이은주
제작처 공간

펴낸곳 (주)알마
출판등록 2006년 6월 22일 제2013-000266호
주소 03990 서울시 마포구 연남로 1길 8, 4~5층
전화 02.324.3800 판매 02.324.2846 편집
전송 02.324.1144

전자우편 alma@almabook.com
페이스북 /almabooks
트위터 @alma_books
인스타그램 @alma_books

ISBN 979-11-5992-301-2 04800
ISBN 979-11-5992-246-6 (세트)

이 도서의 국립중앙도서관 출판예정도서목록CIP은 서지정보유통지원시스템 홈페이지http://seoji.nl.go.kr와 국가자료종합목록 구축시스템http://kolis-net.nl.go.kr에서 이용하실 수 있습니다. CIP제어번호: CIP2020014745

알마는 아이쿱생협과 더불어 협동조합의 가치를 실천하는 출판사입니다.

종이 표지_스노우화이트 250g/㎡ 본문_그린라이트 100g/㎡

오마주와 전복으로 다시 창조하는
H. P. 러브크래프트의 세계

Project LC.RC

악의와 공포의 용은 익히 아는 자여라.. 홍지운
아이들이 우이천에서 데려온 이상한 도마뱀.
이 괴생물체의 등장 이후 사람들은 나를 미친 사람 취급하기 시작한다.

별들의 노래.. 김성일
불의를 참지 못 하는 신참 노숙인 김영준. 그는 흘리듯 사람의 마음을 얻는
강 선생을 만난 뒤부터 아득히 먼 우주의 심연을 보기 시작한다.

우모리 하늘신발.. 송경아
일제강점기 기이한 노파 드란댁이 만든 이상적이고도 비밀스러운 공동체.
드란댁은 이 마을과 사람들을 '텃밭'이라 부른다.

뿌리 없는 별들.. 은림, 박성환
댐으로 수몰될 지역에서 식물학자가 겪은 황홀과 공포에 관하여.
／ 극점으로 향한 남극탐사대가 시간의 뒤섞임 속에서 마주한 놀라운 존재에 관하여.

역병의 바다.. 김보영
전염병이 도는 동해안의 어촌. 경찰력이 마비된 곳에서 여자는 자경단으로 살고 있다.
어느 날 외지에서 온 남자는 마을의 파괴를 말한다.

낮은 곳으로 임하소서.. 이서영
악취가 심한 백화점의 보수 공사에 투입된 건설회사 직원 이슬은
84년 전 건축문서에서 두려운 존재를 발견하고 고통받는 사람들과 마주한다.

친구의 부름.. 최재훈
원준은 2주간 학교를 나오지 않는 친구의 자취방을 찾아간다. 불러도 대답 없는 친구.
문을 열고 들어가보니 친구는 의외로 반갑게 원준을 맞이한다.

외계 신장.. 이수현
학위를 따기 위해 굿판을 쫓아다니는 민서. 그는 백 년 전부터
기이한 죽음이 일어난다는 '금단의 집'에서 마주친 노만신 경자에게 매료된다.